AF457757

23 Janvier 1891

V

Vente par suite de départ

DE

Mme LA BARONNE HAUZEUR DE CIPLY

Les Vendredi 23 et Samedi 24 Janvier 1891

EN SON HOTEL, 53, RUE AMPÈRE

MOBILIER ARTISTIQUE

EN PARTIE

Ayant été fourni par KRIÉGER, COUSIN et GROHÉ

OBJETS D'ART — BRONZES

TABLEAUX

Me G. BOULLAND	M. A. BLOCHE
COMMISSAIRE-PRISEUR	EXPERT PRÈS LA COUR D'APPEL
26, rue des Petits-Champs, 26.	25, rue de Châteaudun, 25.

HOMO
NATVRÆ
IMPRIMERIE DE L'ART

CATALOGUE

DU

MOBILIER ARTISTIQUE

TENTURES — TAPIS

Ayant été en partie fourni par les Maisons Kriéger, Cousin et Grohé

OBJETS D'ART ET DÉCORATIFS

Bronzes de Barbedienne, Cornu, Denière et Raingo

Marbres — Émaux cloisonnés

TABLEAUX

DONT LA VENTE AURA LIEU

Les Vendredi 23 et Samedi 24 Janvier 1891

à deux heures un quart

Par suite du départ de Mme la baronne HAUZEUR DE CIPLY

EN SON HOTEL, 53, RUE AMPÈRE

Par le Ministère de **Me GEORGES BOULLAND,** commissaire-priseur

26, rue des Petits-Champs, 26

Assisté de **M. A. BLOCHE,** expert près la Cour d'appel

25, rue de Châteaudun, 25

Chez lesquels on trouve le présent Catalogue

EXPOSITIONS

PARTICULIÈRE	PUBLIQUE
Le Mercredi 21 Janvier 1891	**Le Jeudi 22 Janvier 1891**

DE 1 HEURE 1/2 A 5 HEURES 1/2

***NOTA.** — Le catalogue sert de carte d'entrée pour plusieurs personnes à l'Exposition particulière.*

CONDITIONS DE LA VENTE

Elle sera faite *expressément* au comptant.

Les Acquéreurs payeront CINQ POUR CENT en sus des adjudications, applicables aux frais de la vente.

L'exposition mettant le public à même de se rendre compte de l'état des objets, il ne sera admis aucune réclamation une fois l'adjudication prononcée.

Paris. — Imp. de l'Art. E. MÉNARD et Cie, 41, rue de la Victoire.

Désignation des Objets

REZ-DE-CHAUSSÉE

VESTIBULE

1 — Très belle banquette forme coffre, en bois sculpté, décor branchages, jardinière et buste personnage. Style Renaissance.

2 — Petit vaisselier d'applique à colonnes en bois sculpté. Style Renaissance.

3 — Grande jardinière en faïence émaillée fond brun, décor à guirlandes de fleurs et mascarons en relief sur colonne en même faïence.

4 — Très belle stalle formant coffre, en bois sculpté, d'aspect architectural, à figures de saints avec peintures, armoiries, fronton à volutes dans le style gothique.

5 — Porte-manteaux et parapluies en chêne, à fond de glace.

6 — Boîte à musique en thuya et marqueterie de bois sur table en noyer, de la maison Heller, avec rouleaux de rechange.

7 — Pianista en bois noir, de Thibouville-Lamy, avec ses morceaux de musique.

8 — Deux cache-pots en porcelaine de l'Inde fond blanc, décor armoiries et fleurs en polychrome.

9 — Deux étagères d'applique en noyer sculpté, supportant deux buires en grès.

10 — Horloge en bois sculpté, à poids apparents, avec caille et coucou.

CABINET DE TRAVAIL

11 — Très beau meuble en bois de chêne sculpté ; le bas s'ouvre à trois portes et tiroirs et le haut disposé pour une collection d'armes formée d'environ trente pièces d'armes rares et précieuses : fusils de divers modèles et de diverses provenances, carabines, pistolets, revolvers, sabres et épées.

12 — Piano en marqueterie de bois orné de bronzes ciselés et dorés, de Eugène Moullé, à Paris.

13 — Tabouret de piano en bois doré, couvert en lampas. Style Louis XIV.

14 — Trois jardinières en acajou avec bas-reliefs en bronze. Époque premier Empire.

15 — Petite vitrine genre anglais avec étagère en noyer ciré, et quatre tiroirs.

16 — Buste en bronze : Bianca, de Céribelli.

17 — Jolie table octogone en noyer sculpté et incrusté dont les pieds sont formés par quatre têtes de chevaux ailés.

18 — Panoplie d'armes en fer ciselé et gravé, composée d'un casque, deux gantelets, un hausse-col et diverses lances, langue de bœuf, faux, hallebardes, etc.

19 — Statuette équestre en bronze : Napoléon Ier, de Thomir Puget; belle patine.

20 — Groupe en bronze : Vénus et l'Amour, de Debut.

21 — Joli coffre avec bas-relief surmonté d'un aigle en bronze doré. Époque Empire.

22 — Grande jardinière en faïence fond bleu, anses formées par des cariatides d'hommes.

23 — Décoration de deux fenêtres, rideaux et lambrequins en drap rouge, avec applications en drap, fond vert. Style grec.

24 — Quatre chaises en bois sculpté, couvertes en cuir de Cordoue.

25 — Tapis de table en étoffe de fantaisie fond rouge.

26 — Grande carpette fond crème, à médaillons de toutes couleurs avec bordure.

27 — Statuette en terre cuite : Pêcheuse de crevettes. de Hambrizen.

28 — Buste en marbre blanc : Jeune Fille, de Moreau.

PREMIER ÉTAGE

ESCALIER

29 — Siège forme trône en chêne sculpté, avec médaillon personnage, couvert en tapisserie de soie au petit point. Époque Renaissance.

30 — Deux colonnes en marbre blanc, ornées de bronze.

31 — Deux vases en porcelaine de Chine, fond vert, à fleurs et papillons.

32 — Deux lampadaires formés par des lampes en bronze fumé.

GRAND SALON

33 — Très bel ameublement de salon style Renaissance, composé de deux canapés, deux fauteuils et deux chaises en noyer sculpté, couvert en soierie vieil or avec application de broderies de soie de toutes nuances, représentant des arabesques, des rinceaux et des fleurs. Travail de la maison Cousin.

34 — Console sculptée dans le genre de la Renaissance, supportée par six têtes de lions ; dessus en marbre blanc.

35 — Table de salon dans le même genre ; dessus en marbre blanc.

36 — Très joli paravent à trois feuilles, en bois sculpté et doré, couvert en satin havane avec broderies de soie représentant des jardinières et des fleurs.

37 — Deux chaises en noyer sculpté, couvertes en peluche rouge et étoffe ancienne en soie et or. Style Renaissance.

38 — Très belle harpe en bois laqué, représentant des sujets chinois en peinture vernis Martin, ayant appartenu à la princesse de Lamballe.

39 — Petit canapé forme banquette en noyer finement sculpté, couvert en soierie rose et broderie de soie à fleurs. Style Louis XVI.

40 — Chaise ottomane en bois sculpté et doré par parties, couverte en peluche bronze avec application de fleurs de lis aux armes du cardinal Bonaparte.

41 — Décoration de deux croisées et de deux portes en tapisseries d'Aubusson, avec lambrequins.

42 — Très belle décoration de baie, formée d'un grand bandeau en tapisserie d'Aubusson et de deux grands rideaux en étoffe rouge, avec bandes et bonne grâce en peluche rouge.

43 — Belle garniture de cheminée, formée d'une pendule avec plaques représentant des personnages en porcelaine pâte tendre de Tournai ; de chaque côté du cadran, deux figurines en bronze doré : Femmes lisant et gravant; de deux vases en même porcelaine, ornés de cariatides, de satyres en bronze doré. Travail de la maison Denière.

44 — Petit tapis en satin de Chine, avec broderie de soie et d'or.

45 — Grand brûle-parfums en faïence de Satzuma.

*

46 — Deux grandes statuettes en faïence décorée, costumes du Moyen-Age.

47 — Deux gaines en bois noir orné de bronzes dorés ; dessus en marbre. Style Louis XVI.

48 — Deux bustes en marbre blanc : Jeunes Filles ornées de fichus de dentelle, en marbre de couleur.

49 — Deux grandes lampes en porcelaine, fond bleu, de Sèvres ; monture en bronze doré. Style Louis XVI.

50 — Petite vitrine en acajou supportée par une table, ornée de peintures.

51 — Groupe en bronze : les Courses.

52 — Petite voiture en bronze.

53 — Jolie petite table en bois sculpté et doré ; dessus en marbre. Style Louis XV.

54 — Deux fauteuils en noyer sculpté et cire, couverts en brocart violet lamé d'or et gainés de velours vieux vert. Style Louis XIII.

55 — Deux flambeaux en bronze argenté. Style Louis XIII.

56 — Garniture en bronze formée de trois statuettes représentant Laurent de Médicis et le Jour et la Nuit, d'après Michel-Ange; sur socles en bois noir. Édition Barbedienne.

57 — Buste en terre cuite : le Sommeil, de Carrier-Belleuse.

58 — Bel écran en noyer ciré et sculpté, couvert en tapisserie au point de Hongrie.

59 — Cassolette en porcelaine de Chine ; monture en bronze doré. Style Louis XVI.

60 — Deux bougeoirs en émail cloisonné de la Chine.

61 — Quatre chaises légères en bois sculpté et doré, foncées de canne. Style Louis XVI.

62 — Joli petit fauteuil forme basse en bois sculpté et doré, couvert en velours de Gênes, fond blanc à fleurs, gainé de peluche bleue. Style Louis XV.

63 — Beau lustre en verre de Venise, à douze lumières.

64 — Grand et beau tapis d'Aubusson.

DEUXIÈME SALON

65 — Ameublement en bois sculpté et doré, couvert en lampas, composé d'un canapé et deux bergères. Style Louis XVI.

66 — Canapé en bois sculpté et doré, couvert en satin brodé. Style Louis XVI.

67 — Paravent à trois feuilles, en bois sculpté et doré ; le panneau du milieu est orné d'une glace et les deux autres sont couverts en soie brodée.

68 — Panneau en broderie ancienne ; cadre en bois sculpté et doré.

69 — Panneau en tapisserie ancienne ; cadre en bois sculpté et doré.

70 — Statuette en marbre blanc. Style Empire.

71 — Deux belles chaises en noyer sculpté rehaussé d'or par parties, couvertes en lampas. Style Louis XVI.

72 — Deux chaises légères en acajou, dossiers forme lyres, couvertes en brocart. Style Louis XVI.

73 — Table de salon en chêne sculpté, décor feuilles de chêne; dessus en marbre brèche d'Alep.

74 — Fauteuil coin de feu, couvert en lampas à bouquets de fleurs, fond bleu, garni de franges et passementeries.

75 — Petite table en marqueterie de bois, à damier. Travail de la maison Grohé.

76 — Petite table, décor genre vernis Martin.

77 — Table ovale en marqueterie de bois garni de bronzes dorés. Travail de la maison Grohé.

78 — Groupe en bronze : Enfants, de A. Moreau.

79 — Presse-papier en bronze : le Chien de garde.

80 — Statuette en bronze argenté : Diane, d'après Houdon.

81 — Baromètre en bronze doré. Style Louis XVI.

82 — Très beau meuble crédence forme monumentale, avec étagères sur les côtés. Style Renaissance.

83 — Crédence en noyer sculpté, forme à colonnes et arcades. Style Renaissance.

84 — Décoration de fenêtre formée d'un large bandeau et deux tapisseries d'Aubusson.

85 — Décoration de baie formée d'un grand bandeau en tapisserie d'Aubusson et de deux bandes et bonne grâce en peluche rouge.

86 — Garniture de cheminée, composée d'une pendule en bronze doré, forme monument, représentant les Sciences et les Amours, et deux vases brûle-parfums en porcelaine de Tournai, pâte tendre. Travail de la maison Raingo.

FUMOIR

87 — Meuble en acajou orné de bronzes, avec tablettes dans le bas; dessus en marbre. (Pouvant former jardinière.)

88 — Table en bois noir couverte en peluche rouge.

89 — Ameublement de fumoir composé de deux fauteuils et de deux chaises en bois noir, couverts en satin noir à broderies de soies de toutes nuances. Style chinois.

90 — Chaise en chêne sculpté couverte en soie brochée à fleurs, fond crème. Époque Louis XVI.

91 — Coffre de mariage en laque de Chine, fond noir et or.

92 — Deux grands et beaux panneaux de Chine, représentant des volatiles dans des paysages, en broderie de soie polychrome. Cadres bois noir.

93 — Console en bois sculpté et doré; dessus en marbre. Style Louis XVI.

94 — Deux appliques en cuivre à deux lumières avec armoiries.

95 — Grand vase forme carrée en porcelaine de Chine; décor pagodes en bleu sur blanc.

96 — Grand et beau surtout de table en porcelaine de Saxe, avec figurines et fleurs en relief.

97 — Tapis moquette, fond marron, couvrant la pièce.

98 — Grande et belle glace de Venise.

99 — Dessus de porte en glace de Venise.

100 — Canapé couvert en lampas à rayures et bouquets de fleurs polychrome, garni de franges et de passementeries assorties.

101 — Grand buste en bronze : Pâris, de Clésinger. Édition de Barbedienne.

102 — Grande gaine à quatre faces en noyer sculpté et ciré.

103 — Deux gaines en chêne sculpté.

104 — Deux beaux candélabres en bronze argenté. Style Louis XV.

105 — Petit miroir en bronze argenté. Signé : Ningres.

106 — Belle table en noyer ciré et sculpté. Style Louis XIII.

107 — Deux cornets émaillés.

108 — Deux éléphants en bronze, ornés de porte-bouquets carrés en cristal, décor à fleurs.

109 — Buste en bronze : Jeune Fille, d'après Clodion.

110 — Deux bougeoirs en bronze doré, supportés par des petits éléphants.

111 — Jardinière en émail cloisonné de Chine ; monture en bronze.

112 — Deux lampes en émail cloisonné de la Chine. Travail de la maison Gagneau.

SALLE A MANGER

113 — Beau buffet en noyer sculpté formant vitrine à trois vantaux dans le haut et étagère sur les côtés, le bas à portes pleines. Style Renaissance.

114 — Dressoir en noyer sculpté à deux tiroirs et à fond de glace biseautée, avec deux tablettes dans le bas. Style Renaissance.

115 — Petit meuble crédence en noyer sculpté forme balustrade dans le haut; le bas est à portes pleines représentant des vases de fleurs, avec appliques et entrées de serrures en cuivre. Style Renaissance.

116 — Crédence à trois tablettes et partie à portes pleines, en noyer sculpté, formant pendant à la précédente.

117 — Table carrée à rallonges, pieds à croisillons, en noyer sculpté.

118 — Six chaises en noyer sculpté, couvertes en cuir rouge.

119 — Belle pendule, forme cathédrale, en noyer sculpté et bronzes ajourés. Style gothique.

120 — Décoration de baie formée d'une grande bande et de deux bandeaux en drap fond marron et application de bandes de tapisseries au point.

121 — Grande et belle carpette de Smyrne, fond noir à fleurs et ornements de toutes nuances.

122 — Tapis de table en étoffe de fantaisie à bandes rouges avec dessins polychromes.

123 — Garniture de trois chimères formant jardinière, en faïence de Saint-Clément, décor bleu sur blanc.

124 — Grande et belle vasque en ancienne porcelaine de Chine, famille verte, décor personnages dans un paysage.

125 — Grand et beau sucrier en ancienne porcelaine de l'Inde, fond blanc à fleurs en rouge et vert.

126 — Deux bonbonniers formés par des figurines assises tenant des corbeilles en porcelaine de Saxe, fond vert à fleurs.

127 — Cafetière en porcelaine du Japon, fond blanc à fleurs.

128 — Coupe tripode avec couvercle en faïence de Marseille, à armoiries vieil or et fleurs.

129 — Coupe creuse en faïence de Delft, décor personnages et animaux dans un paysage en bleu sur blanc.

130 — Aiguière et plateau en porcelaine de Paris, fond blanc à médaillons, trophées en rose et jardinière avec fleurs de toutes couleurs.

131 — Sucrier en ancienne porcelaine de Chine, fond blanc à fleurs et arbustes.

132 — Sucrier et couvercle en porcelaine de Chine, à personnages et paysage en bleu sur blanc.

133 — Pot à eau et cuvette en porcelaine de Sèvres, fond bleu turquoise à médaillon sujets galants et fleurs, au chiffre du roi Louis-Philippe.

134 — Bol en faïence de Delft, décor personnages et pagodes genre chinois.

135 — Surtout de table à jour avec plateau en porcelaine d'Allemagne, décor fond blanc à fleurs.

136 — Bol en porcelaine de Chine, décor bleu sur blanc et or.

137 — Grand plat en porcelaine du Japon, décor polychrome.

138 — Deux plats à barbe en porcelaine de Chine, famille rose, à fleurs.

139 — Deux plats de Chine, décor bleu sur blanc.

140 — Soupière en porcelaine blanche de Sèvres, au chiffre du roi Louis-Philippe.

141 — Six assiettes en ancienne porcelaine de Saxe, fond blanc à fleurs.

142 — Assiette de Sèvres, fond blanc, bord doré avec aigle et couronne impériale.

143 — Quatre assiettes en ancienne porcelaine de Chine de la famille rose, décor fleurs en polychrome.

144 — Quatre plats octogones en faïence de Delft, décor animaux et pagodes dans des paysages en bleu sur blanc.

145 — Plat carré en faïence de Saint-Clément : Chinois dans un paysage fond bleu et or.

146 — Plat octogone de Chine, décor poissons en bleu sur blanc.

147 — Plat en ancienne porcelaine de Chine, à armoirie, fleurs et entrelacs vieil or.

148 — Coffret en faïence de Delft, avec trois compartiments ; à l'intérieur, décor pagodes et paysages en bleu sur blanc ; anses et serrures en cuivre.

149 — Deux vases en faïence de Delft, décor bleu sur blanc.

150 — Écuelle avec couvercle et plateau en faïence de Delft, décor bleu sur blanc.

151 — Deux chimères sur colonnes en blanc de Chine.

152 — Beau surtout de table en bronze doré, composé d'une grande coupe de milieu, deux candélabres à neuf lumières, six coupes à fruits et deux drageoirs. Style Louis XVI. Travail de la maison E. Cornu.

DEUXIÈME ÉTAGE

VESTIBULE

153 — Très beau coffre à bois en chêne sculpté, à trois panneaux représentant des sujets religieux. Époque Renaissance.

154 — Deux torchères formées par des nègres en bois sculpté, surmontées de brûle-parfums en cuivre repercé. Style persan.

155 — Tapis couvrant les marches de deux escaliers.

1re CHAMBRE A COUCHER

156 — Très beau mobilier de chambre à coucher en marqueterie de bois, dessin à rinceaux, feuillages et jardinières, richement orné de bronzes finement ciselés et dorés, style Louis XVI. Il se compose d'un grand lit de milieu, une armoire à glace biseautée à trois portes, un bureau bonheur du jour et une toilette-commode à étagères à fond de glace. Travail de la maison Kriéger.

157 — Ameublement de chambre à coucher en bois sculpté et doré, couvert en satin bleu, style Louis XVI, composé d'un canapé, deux fauteuils et quatre chaises.

158 — Décoration de deux croisées en satin bleu de ciel et velours de soie avec bonne grâce.

159 — Garniture du lit, formée de deux grands rideaux et du baldaquin, en satin bleu et velours de soie.

160 — Dessus de cheminée formé d'un lambrequin en velours et satin bleu.

161 — Très belle vitrine en bois de rose, garnie de quatre tablettes, richement ornée de bronzes. Style Louis XV.

162 — Petite table carrée en bois d'acajou, ornée de bronzes avec galerie à jour; dessus en onyx. Style Louis XVI.

163 — Très joli petit cabinet en bois noir, avec tiroirs et orné de peintures sur émail, avec montre au milieu, et garni de bronzes et de statuettes ; dessus forme couronne émaillée, surmontée d'un aigle en bronze.

164 — Très belle garniture de cheminée en porcelaine, pâte tendre, de Tournai, et bronzes dorés et finement ciselés. Elle se compose d'une pendule forme brûle-parfums, ornée des médaillons du roi Louis XVI et de la reine Marie-Antoinette, et de deux candélabres à deux lumières couronnés de bustes en bronze : Amours. Travail de la maison Denière.

165 — Devant en feu en bronze doré représentant des torches enflammées avec accessoires. Travail de la maison Denière.

166 — Très belle garniture de toilette en écaille

blonde, composée d'une psyché avec flambeau, boîtes, brosses et accessoires.

167 — Reliquaire en émail, or vermeil et perles fines, contenant huit panneaux, peintures sujets religieux. Style gothique.

168 — Veilleuse en bronze doré et verres bleus.

169 — Deux carpettes d'Orient, fond rouge à riche dessin polychrome.

CABINET DE TOILETTE

170 — Deux toilettes jumelles en pitchpin à fond de glace biseautée avec dessus et tablette en marbre blanc à trois tiroirs, le bas est à portes pleines. Style Louis XVI. Travail de la maison Kriéger.

171 — Étagère d'applique en pitchpin à fond de glace biseautée et à tiroirs. Style Louis XVI.

172 — Armoire anglaise en pitchpin, offrant d'un côté une glace, et de l'autre quatre tiroirs et une petite armoire.

173 — Deux chaises en pitchpin.

174 — Table de milieu en pitchpin.

175 — Cantonnière en tapisserie, point de Beauvais et velours grenat.

176 — Paire de chenets en fer forgé, ornés de fleurs de lis, avec pelles et pincettes.

177 — Carpette de Perse.

178 — Carpette ancienne, fond rouge et objets d'ameublement.

179 — Jolie glace médaillon avec aigle et guirlandes de fleurs gravés, cadre en bois sculpté et doré, surmonté d'un aigle tenu par des guirlandes de laurier en bois doré. Provenant du Petit-Trianon.

180 — Très belle psyché en noyer ciré et sculpté avec lambrequin en peluche vieux bleu.

2e CHAMBRE A COUCHER

181 — Mobilier en noyer ciré, style Henri II (modèle du château d'Anet), composé d'un lit de milieu, une armoire à glace biseautée et une table de nuit.

182 — Fauteuil et deux chaises en noyer ciré, style Henri II, couverts en peluche vieux rouge et applications, broderies vieil or.

183 — Décoration de baie, formée d'un grand bandeau lambrequin et deux larges bandes en peluche vieux rouge avec application et broderies vieil or.

184 — Décoration de lit avec baldaquin et fond de lit disposé à l'italienne, en peluche vieux rouge avec application et broderie vieil or.

185 — Dessus de cheminée analogue.

186 — Écran pare-étincelles, en cuivre. Style Louis XVI.

187 — Deux chenets en cuivre, style Louis XVI, avec accessoires.

188 — Garniture de cheminée composée d'une pendule forme monument et deux candélabres à quatre lumières, en fer forgé, style gothique, sur socles en peluche rouge.

189 — Armoire à glace biseautée en acajou ciré. Style Louis XVI.

190 — Commode formant bureau en bois de mar-

queterie; serrures et tirants en bronze doré. Louis XVI.

191 — Commode-buffet en acajou ciré, à un tiroir, avec dessus en marbre griotte. Style Louis XVI.

192 — Décoration de fenêtre en soierie brochée à fleurs, en vieux rose avec lambrequin.

193 — Groupe en biscuit de Sèvres, pâte tendre : Apothéose de Napoléon Ier et du roi de Rome accompagné de l'emblème impérial.

194 — Suspension-veilleuse à cinq lumières, en cuivre. Style gothique.

195 — Tapis moquette fond rouge couvrant la pièce.

196 — Grande carpette ancienne de Perse fond bleu, à dessin polychrome.

TROISIÈME ÉTAGE

197 — Belle armoire normande en noyer sculpté avec ferrures et ornements Louis XV.

3e CHAMBRE A COUCHER

198 — Ameublement en pitchpin, composé d'un lit de milieu, une armoire à glace, une table, une toilette commode avec dessus en marbre blanc et quatre chaises foncées de canne.

199 — Écran en satin marron avec broderies de soie et gainé en peluche rouge.

200 — Décoration de lit formée d'un baldaquin et deux grands rideaux en satin marron.

201 — Décoration d'une fenêtre formée d'une bonne grâce et lambrequin en satin marron.

202 — Carpette en moquette.

203 — Deux descentes de lit.

204 — Lit en acajou orné de bronzes. Époque Empire.

205 — Pendule en marbre blanc avec groupe allégorique en marbre. Époque Empire.

206 — Porte-pelle et pincettes en cuivre.

207 — Jardinière-suspension en porcelaine décorée fond bleu turquoise à médaillons portraits, monture à neuf lumières en bronze.

4e CHAMBRE A COUCHER

208 — Mobilier composé d'un lit de milieu, un chiffonnier, une table de nuit et une table de milieu en bois peint fond gris et rouge. Style Louis XVI.

209 — Trois descentes de lit.

210 — Belle chaise longue en noyer ciré finement sculpté. Époque Empire.

211 — Couvre-lit en satin vieux rouge brodé or et argent fin avec armoirie du duc de Guise.

212 — Aigle en bois sculpté. Époque Empire.

213 — Petite table allongée en acajou ciré avec dessus en marbre. Louis XVI.

214 — Fauteuil en acajou.

CUISINE

215 — Grand et beau vaisselier en chêne sculpté, à trois portes pleines dans le bas et trois tiroirs ornés de bronzes; le haut se compose de quatre grandes tablettes. Époque Renaissance.

216 — Batterie de cuisine. (Sera divisé.)

217 — Objets non catalogués.

TABLEAUX

CABANEL
(D'après)

218 — *La Petite Florentine.*
Panneau en vernis Martin.

GREUZE
(D'après)

219 — *Petite Fille jouant avec un chien.*

ROZIER

220 — *Fleurs.*

Signé à gauche.

DYCK

(D'après VAN)

221 — *Portrait du maître.*

Pastel.

MARCK

(ROBERT VAN)

222 — *Fleurs.*

Signé à droite et daté 1843.

ÉCOLE FLAMANDE

223 — *Adoration des bergers.*

Peinture sur bois.

ÉCOLE FRANÇAISE

224 — *Jeux d'enfants.*

Deux pastels ovales se faisant pendants.

ÉCOLE FRANÇAISE

225 — *Portraits de la reine Marie-Antoinette et de Madame Dubarry.*

Deux pastels se faisant pendants.

ÉCOLE FRANÇAISE

226 — *Danaé.*

Dessus de porte.

ÉCOLE ITALIENNE

227 — *Le Mariage de sainte Catherine.*

Peinture sur bois.

www.ingramcontent.com/pod-product-compliance
Ingram Content Group UK Ltd.
Pitfield, Milton Keynes, MK11 3LW, UK
UKHW020514180726
13839UKWH00005B/2084

9 782329 393322